Steffen Jacobs
Die Liebe im September

Steffen Jacobs

Die Liebe im September

Gedichte

Wallstein Verlag

The grave's a fine and private place,
But none I think do there embrace.
Andrew Marvell

Call me the breeze.
Lynyrd Skynyrd

Inhalt

I Rückblick auf das zu führende Leben

II Haltloser Gesang für zwei

III Einem Klassizisten zu Lebzeiten

Epilog

I Rückblick auf das zu führende Leben

Einem Gerüstbauer

1.

Der steht vor meinem Fenster,
geht sicher auf schwankendem Grund,
den hat er sich selbst gebaut,
fünf Stockwerke hoch, und
der Wind schießt ihm ins Haar.

Ich sitze an meinem Schreibtisch,
sortiere, was wäre und war.
Schön warm ist es hier,
schön windstill. Eine Hand,
meine, fährt mir durchs Haar.

Wenn er stolpert, wenn er fällt,
ist es für ihn das Ende der Welt.
Wenn es holpert bei mir, wenn
ich stürze und falle, dann
falle ich allenfalls unter den Tisch.

Und ich frage mich,
frage mich täppisch und zweifle:
Wer von uns beiden
trägt wohl das größere Risiko,
wer schwebt schöner in Gefahr?

Zumindest aus seiner Sicht
ist die Sache wohl ziemlich klar.
Man sieht es gleich, wie er so,
die Zigarette in der Hand,
an der Brüstung lehnt und gähnt.

Kein Grund zum Verzweifeln,
scheint er zu glauben, so oder so.
Kunststück, daß der sich brüstet:
Steht er auch an der Wand,
so ist er doch besser gerüstet.

2.

Mein einziger Trost:
Er beachtet mich nicht,

versunken in seine Arbeit,
in seine eigene Wahrheit.

Wirklich, ich komme
in seiner Welt nicht vor.

Es ist meine Welt,
die ihn, wirklich, enthält.

Das Kartenhaus

Als man ihn aus der Tür trug, den letzten Mieter,
schwer verwundet auf einer Bahre,
ging im Seitenflügel eine Ära zu Ende
und die zwanzigjährigen Eigentümer rückten vor.

Immer hatte der alte Herr Born sich die Karten gelegt,
in seiner warm patinierten Wohnküche,
und keinen Tag lang hatte er nachgelassen,
die Vorzüge der Ereignislosigkeit zu preisen.

Bei der Totalsanierung fand man den Tod
zwischen zwei Schichten vergilbten Linoleums.
Stillvergnügt und quietschlebendig
baumelte der Gehenkte unter einem Büffet.

Nun sind die neuen Nachbarn eingezogen,
mit hölzernem Knarren und Äthergeruch.
Man weiß nicht recht, wer ihnen die Karten legt,
noch wohin ihr Fall hier im Kartenhaus führen wird.

Einer wird es sehen, soviel steht fest. Wenn er
unten im Entree in den blinden Spiegel schaut,
kann er die Zukunft an seinen Haaren abzählen.
Dieser eine wird alles bezeugen. Ein anderer als ich.

Rückblick auf das zu führende Leben

Glück und Unglück hatten ganz nahe gelegen,
die ganze Zeit, in stummer Bereitschaft.
Es hatte sie bloß keiner gesehen.
Es hatte sie keiner vermißt.

Über Nacht waren sie in Erscheinung getreten,
wie das Graffiti an der Museumswand:
Der Wandel schleicht auf Gummisohlen,
und wenn er geht, kommt man dich holen.

Das zu führende Leben war ungelebt geblieben.

In Memoriam Flug 571

1.

Fünfundvierzig Männer in einer Schneewehe,
auf einem entlegenen Gipfel der Anden,
taumeln aus einer gefallenen Fairchild,
keine Rettung aus anderen in Sicht.

Monate später, vor den Herren der Presse,
sechzehn, die von einem Abendmahl sprechen:
Der Heiland habe sein Blut, seinen Leib gegeben.

Erwähnt wird der Mut der Verstorbenen,
gepriesen mit heiligem Ernst. Wir verstehen:
Gemeint ist ihr Mut oder Blut, das Leben zu nähren.

2.

Jahrzehnte später, einer von ihnen –
seiner Tochter, Fleisch vom Fleische,
im Angesicht desselben Gipfels, sagt er:

Wenn man völlig verzweifelt sei,
wenn man eine Weile innehalte,
werde, wo eine Mauer war,
eine Tür sich auftun.

Wem, wenn nicht ihm, darf ich trauen?

Der Wächter und die Frau

1.

Sie liegt bei ihrem Atem
im letzten Licht des Jahres.
Sie gibt und nimmt das Leben
im Taktschlag ihres Körpers.

Dort neben ihr sitzt einer,
der nicht mehr weiß, was wahr ist.
Trägt sie in ihrem Schatten
den Ausgang seiner Tage?

Er wacht seit hundert Jahren,
er wüßte gern, was wahr ist.
Ist sie es, die das Licht
aus ihrem Blick erzeugt?

Er hat sich nie bewegt,
und seine beiden Hände,
das Doppelhohl der Brüste,
verharren auf den Knien.

Der Raum, der ihn umgibt,
ist ganz um sie gespannt,
ist ganz um dich gespannt:
Du siehst, wohin du siehst,

ein Bild von einem Mann,
ein Bild von einer Frau,
doch wo das Leben anfängt,
steht nirgendwo genau.

2.

Dann öffnet sie die Augen,
im ersten Licht des Jahres,
und beider Welt ist ganz
um ihren Leib gespannt.

Der Wächter hält die Frau,
die Frau umfasst den Mann.
Es öffnet sich das Fleisch,
das Bild verschlingt sich selbst.

Die Liebe im September

Auf dem Frühweg zum Bahnhof,
spätsommermorgens halb vier:
Geschoßeinschläge jäh ringsum,
auf Straßenpflaster, auf Motorhauben.

Kastanien sind es, ach, Kastanien,
die da fallen, knallen und platzen.
Das alte Geschäft der Vermehrung
ist es: Vermehrung, Vermehrung.

So stürze ich zu dir, Liebe, durch
städtisches Feld, ein frisch vom Baum
gesprungener, endlich für fruchtbar
befundener Held: Meine Versehrung!

Alte Schule

Na dann, Madame, ich bin so frei;
ob Sie nun wollen oder nicht,
das ist mir völlig einerlei,
und quietschen Sie auch laut dabei –
nur immer zu, Madame, das ficht
mich gar nicht an: Ich bin so frei.

Ja, schrei'n Sie nur: »Das geht zu weit!«
Ich bin ein lichter Kopf, Madame,
in Freundlichkeit für Sie entbrannt.
Ich packe sie beim Schopf, Madame,
die günstige Gelegenheit,
und küsse – endlich – Ihre schöne Hand.

Hausapotheke

Eine Liebschaft mit einer Apothekerin,
wie wäre denn das?

Erst rührten wir die linden Leiber an,
dann nähmen wir die Rote Liste durch,
vorwärts, rückwärts, seitenweise,
nach der Art mildtätiger Giftmischer.

Müßten wir uns früher oder später
auch tiefere Verletzungen zufügen,
lägen Jod- und Bromintinktur stets bereit
zum scharfen Beträufeln der Wunden.

Das gute Prozac machte uns in dunkler Zeit
lichtdurchlässig und heiter;
paar Valium, gemeinsam geteilt, schon
trieben wir ab in selbsterfüllten Schlaf.

Da du aber keine Apothekerin bist,
sondern bloß Engel oder Erinnye,
laß uns auf die vorhandenen Mittel hoffen,
erstellt nach namenlosen Rezepten.

Ohnehin durch keine Impfung zu ersetzen:
dieser zarteste Druck meiner Lippen
auf deinen weitaus zarteren Nacken
mit all seinen unabsehbaren Folgen.

Hilflos vielleicht, doch immerhin und immerzu
eine heilsame Verheerung des anderen.

Werbung

Na gut, meine Lust
ist nicht die deine.

Geschenkt, deine Freundschaft
ist nicht die meine.

Nur unsere Zweifel, die
teilen wir ganz und gar.

Ich sag doch: Wir sind
das perfekte Paar.

Das Laster

1.

Es ist schwer.
Es hängt ihm an.
Es will nach unten.
Es nimmt ihn mit.

Es ist leicht.
Es schwebt voran.
Es will nach oben.
Es nimmt ihn mit.

2.

Es ist zur Stelle.
Er ist bereit.

Es lockt: Nur noch einmal.
Er sagt: Mit Vergnügen.

Es zirpt: Ich gehöre zu dir.
Er jauchzt: Ich bin dein.

3.

Er kann von ihm lassen,
wann immer er will.

Es weht fort ohne Vorwurf,
und er sieht hinterher.
Es ist leicht, ihm zu folgen,
und er folgt hinterdrein.

Er kann von ihm lassen,
wann immer er will.

4.

Es ist stark.
Es gibt ihm Kraft.
Es läßt ihn fliegen.
Es läßt ihn fallen.
Es läßt ihn liegen.
Es hilft ihm auf.
Es ist stärker.

5.

Es ist maßvoll.
Er ist es,
der maßlos ist.

Es ist streng.
Er ist es,
der über die Stränge schlägt.

Es ist ohne Reue.
Er ist es,
der ständig bereut.

Es ist da.
Er ist es,
der weg ist.

Es ist.
Er ist.
Ist er es?

Man erkennt ihn ja kaum.

6.

Ob er es abschüttelt,
ob er es nicht abschüttelt,
es hängt an ihm.

Die achte Todsünde

Eifer sucht und Eifer findet,
Sucht sucht auch und eifert blind.
Eifersucht, die doppelt bindet,
sorgt, daß wir beisammen sind.

Liebste, wie du forschst und findest,
uns mit Zank noch fester bindest,
ist die Bindung doch nur Fessel,
unser Bett ein Bett aus Nessel.

Sind wir beide noch zu retten?
Ach, je mehr dein Eifer flucht,
desto mehr sind's andere Betten,
die mein Sinn mit Eifer sucht.

Bipolar

Eine unbekannte, verkantete Welt,
schlingernd zwischen zwei heißkalten Polen,
und nichts, das nicht jäh aus den Angeln schnellt,
kein Wesenszug, der nicht zu Schlacke zerfällt,
kein Haftstoff, der unter flüchtigen Sohlen
den Grenzgänger zwischen den Abgründen hält,
ist die Luft erst zu schneidend, um sie zu holen.

Verschollen die Suchtrupps, die Expeditionen
in ewiger Hitze, in brennendem Eis.
Zwischen dem Pol mit den klirrenden Zonen,
zwischen dem Pol mit den flirrenden Zonen
findet kein Ding seinen Daseinsbeweis.
Verloren die Suchtrupps, verloren ihr Ziel,
und von allem zuwenig, von allem zuviel.

Und du bist, der über die Ufer drängt,
die Dürre bist du, die ins Flußbett sinkt,
das Totenkopfschiff, das in Sturmwellen krängt,
der Tropenzyklon, der die Sturmwellen lenkt.
Ein Brand bist du, der in den Balken singt,
ein Du, das verlöscht und ein Du, das versengt,
die Asche, die Gärten und Gräber durchdringt.

Doch wie zwischen Hie, zwischen Da navigieren,
in statischen Strudeln, in reißenden Kalmen;
und wie zwischen Scylla, Charybdis lavieren,
ohne den Kurs aus dem Blick zu verlieren,
die Zunge gespickt mit zerraspelten Psalmen?
Sieh, wie die Schlünde nach Menschenfleisch gieren:
Fühlst du ihr Lecken, hörst du ihr Malmen?

Da reißt du dich fort, und du reißt dich entzwei,
doch plötzlich geschieht dir von außen ein Du.
Es sagt nur: Sei bei mir und stehe mir bei,
und nun bist du eins, denn ihr beide seid zwei.
Es sagt nur: Komm zu mir, denn du kommst mir zu,
es ist fast, als ob es schon immer so sei.
Und du (also du) sagst: Was immer ich tu,

so lange wir währen, bin *ich* nicht vorbei.

II Haltloser Gesang für zwei

Gemischte Gefühle bei der Ankunft auf dem Lande

Da sind wir also, ganz ohne Musik,
eingetroffen, aber nicht angekommen,
ein wenig benommen, noch nicht ganz da.

Etwas ist stecken-, ist stehengeblieben
im Stau oder Staub der Gefühle,
im Auto- und Menschengewühl, unterwegs.

Etwas, das möchte jetzt zu uns, hierher,
ein Teil, der umherirrt, sich irrt,
benutzt, geharnischt, gebraucht, strapaziert.

Also komm, du flüchtiger Teil unsrer Gänze,
komm zu uns aufs Land, denn ich sage dir:
Hier kannst du ankern und sicher an Land gehn.

Hier kannst du Grund sehen unter den Füßen,
hier siehst du mehr als bloß Anlaß um Anlaß,
fruchtlos zu gründeln und unterzugehn.

So komm doch, du schwankendes Etwas,
werde nicht irre und wage mit uns ein
Tänzchen auf Marschland, am Deichrand der Flut.

Da sitzen wir nun, ganz ohne Musik,
ohne Harnisch, zu fast nichts mehr gut,
und erwarten voll Bangen die Ankunft: in aller Ferne.

Wünschelrute

Wenn du dann doch einmal kommst
(wenn du denn jemals kommst)
meine Wunden deine Wunden
wollen wir uns verbinden

wollen auf immer verbunden sein
nach all der Werbung oder wie
das neuerdings in der Werbung heißt
Nicht mehr suchen sondern finden

Du, mein Traum

The things you can't remember
tell the things you can't forget
Tom Waits

I

Ich war ein Datenträger, randvoll geladen
mit Bruchstücken von Erinnerungen,
Erinnerungen an Bruchstücke.

Man konnte mich abhören. Ich tönte
wie eine alte, gut erhaltene Schallplatte,
knisternd mit den Stimmen der Vergangenheit.

Unermüdlich kreiste ich um mich selbst,
und nur das Loch in der Mitte, dieser glatte Bauch-
durchschuß, verband mich fest mit dem Rest.

Man konnte mich abspielen. Man konnte mich
Reigen tanzen und durchdrehen sehen. Nur
abstellen konnte mich keiner, auch ich nicht.

II

Ich war ein Datenträger, eifrig bemüht,
einer gut verkäuflichen Ware zu gleichen.
So stand ich in allen Regalen, so lag ich
in sämtlichen Schaufenstern: eilfertig, feil.

Jedem Mädchen, das lässig vorüberging,
mußte ich zuzwinkern: viel zu beflissen.
Die Frauen von früher sangen indessen
in meinem Leib die süßesten aller Weisen.

Ständig leierten diese verknöcherten Hexen
ihre heiseren Choräle, tagaus und tagein,
landauf und landab. Plötzlich rauschte ich auf
wie ein falsch eingestellter Volksempfänger,

und einer dieser hartleibigen weiblichen Sänger
verkündete allen mein heimliches Lied.
Ich war ein Medium, ich war nicht mal käuflich.
Laut schrieen die Mädchen und stoben davon.

III

Keine Frage, ich war aufgeflogen,
war fast schon hinüber und vollkommen weg.
Selbst jetzt im Hier, noch hier im Jetzt
hat dieses Bild mich nicht mehr freigegeben;
sieht ganz so aus, als bliebe es bis zuletzt:

Wie ich mir stumm in den Schlund greife,
tief hinein in die summende, rauschende Esse,
daß ich sie endlich einmal in Gänze fasse,
die scharfen, schartigen, länglichen Glasstücke,
auf denen all diese Stimmen gespeichert sind.

Wie ich würge und keuche, während sie sprechen,
daß sie nur ja nicht splittern, nicht brechen;
wie ich vorsichtig nachfasse: ein Verunglückter,
der den eingeklemmten Arm selbst amputiert,
dabei betend, daß er sich nicht in Gänze verliert.

Wie ich eines davon zu packen kriege,
wie ich, ein tastender Schwertschlucker, ziehe,
erst dieses Ding und danach gleich das nächste,
Stück für Stück, Weib für Weib, Wort für Wort,
wie ich Scherben erbreche und immer so fort.

IV

Gewiß, es tat weh, aber es war
eine solche Erleichterung, weißt du,
ein wunderbar läuternder Schmerz:
der Schmerz der Befreiung, oder
ihm doch zum Verwechseln ähnlich.

So, wie es eine ungeheure
Erleichterung ist, in deiner Weiche,
an deiner Haut zu liegen, Frau,
die schöne Verwechslung, ehe ich
aufwache und die Taubheit beginnt,

daß ich nicht mehr aus dem Glas-
haus, nicht mehr zu dir hinkomme.
Und trotzdem glaube ich fest daran:
Solange mich dieses Bild gefangenhält,
bin ich so frei, wie ich nur frei sein kann.

Möglichkeiten der Zusammenkunft

1.

Manchmal nachts kommt ihm
im Traum eine Frau,
die er liebt,
die ihn liebt.
Manchmal nachts
kommt sie ihm vertraut vor,
als wär es die Seine.

Ja, sie ist wirklich, diese Frau,
unfaßbar wahr,
und richtig
ist er unfaßbar glücklich,
wenn er aufwacht,
weil im Bad ein Flakon klirrt:
Sie ist wirklich, seine Frau.

Dann begleitet sie ihn
vielleicht eine Weile,
bis ans Ende des Tages,
bis ans Ende der Tage,
und immer sinnt er,
woher er sie kennt,
woher sie ihn.

Manchmal tags
schaut sie ihn an,
als ob das alles fraglos,

als ob sie ohne Zweifel
in der Welt wären, und es blitzt
an ihrem Finger ein Ring,
als wär es der Seine.

Sie aufs Neue zu binden,
legt er sich nieder.
Abend für Abend
schließt er die Augen,
wie beim ersten Mal,
wie zum letzten Mal, und
manchmal findet er sie wieder.

2.

Manchmal nachts
liebt er eine Frau
die er träumt,
die ihn träumt.
Manchmal tags
auch.

Polyphem

Sein Auge ist
eine brennende Wüste,
seine Kehle
ein felsiger Grund.

Was Liebe ist,
wenn er es wüßte:
er tät es dir kund.

Aufhören!

1.

Dieser Moment, damals, im Krankenhaus,
als auf einmal vier Laute im Raum standen,
violett schimmernd und irgendwie ungut:
Lumbalpunktion, ein Wort wie eine Wunde.

Dann diese hochnäsige Jungkittelträgerin:
machte sich – kein Wort, es zu erklären –
an deinen Lendenwirbeln jäh zu schaffen,
als wär's ein Kinderspiel auf Tod, auf Leben.

Um Nervenbahnen pfuschte sie herum,
immer weniger hochnäsige Jungkittelträgerin,
immer mehr tastendes, schniefendes Etwas, bis
bißchen Flüssigkeit rann, ein paar Tropfen nur.

Aufhören!

2.

Dieser Moment, damals, wie du da saßest,
zermürbt von rätselhaften Krankheitszeichen,
und ich, zermürbt von all den Rätseln,
die du und deine Nervenbahnen waren.

Und dann, oje, die du sonst hart im Nehmen,
begannst bei dieser Prozedur zu klagen
mit Blick und Stimme wie ein Katzenjunges, das
im Leinensack das Wasser riecht: »Bitte nicht.«

Und ich, der ich nicht wußte, was zu tun
und wie zu helfen sei, ich dachte nur, ach,
»Bitte nicht.« Nicht dieser Blick, nicht dieses
Scheitern, meines, an der Lage. Bitte.

Aufhören!

3.

Dieser Moment, damals, und mein Gefühl,
heute, wenn ich daran denke, das könnte
Liebe sein, ahnungs- und erklärungslose,
Liebe, weißt du, die sich zitternd zeigt,

die in den Blößen lebt, die man sich gibt,
in die hinein man fährt auf wirrer Suche,
Liebe, ja? die zuschnappt, sich verschließt,
die dich versiegelt vor dem Rest der Welt.

Aufhören!

4.

Und wenn es das nicht ist, Liebe,
dann weiß ich auch nicht weiter, dann
weiß selbst mein Zaudern nicht mehr weiter
und lohnt es nicht, noch mehr davon zu wissen.

Nur eines seh ich wohl, sehr wohl seitdem:
daß ich nicht helfen kann, gleichviel,
wie sehr ich will und soll, und daß fortan
wir weiter machen, tasten, pfuschen mußten:

Unbeholfen.

Mystical Wife

Deine Hand an meinem Vers,
Heben, Senken, schönes Schwanken.
Jetzt erst bin ich wirklich hier
und bin nicht nur in Gedanken.

Strophen, ganz in deiner Hand
finden sie ins Freie, Lichte.
Erst wenn du sie nicht mehr hältst,
sind es wieder nur Gedichte.

Und du läßt sie leichthin fallen,
öffnest deinen Mund zum Schluß,
sagst: So wisse, Lieber, mein
Rhythmus ist der Daktylus.

Ergänzende Übung im Konjunktiv

Frühmorgenhitze, schwere Luft,
im Hinterhof steht Tonnenduft,
entfernt rauscht sacht die Autobahn.
Der Radiomann sagt: Leben pur!
und hier im Bett dein Troubadour
stimmt zaghaft seine Alba an:

Fast alles ist beinahe gut.
In jedem rollt träge ein Blut.
Um alles webt lieblich der Moder.
Was kümmert mich Entweder-Oder.

Du gäbst mir den speziellen Kuß,
du sagtest: schön, der Daktylus,
dann sagten wir ganz lange nichts.
Das heißt, wir schwiegen ausdrucksreich,
erzeugten Laute, gaumenweich,
im Dämmer des Gardinenlichts.

In Wahrheit bis du weit entfernt.
Ob sich das jemals richtig lernt?
Ich bin nur ein, bin nicht dein Mann,
du bist die eine, doch nicht meine
Frau, wir sind vereint alleine.
Als E-Mail kommt dein Sela an:

Fast nichts ist allhier wirklich gut.
Aus jedem Schnitt sprudelt das Blut.
Um alles webt tödlich der Moder.
Zu leben heißt: Entweder-Oder.

Haltloser Gesang für zwei

Ach Gott, ein neues Jahresende,
die Tage kurz und nebelschwer –
so hasten sie durch das Gelände,
und halten kann sie keiner mehr.

Das Leben war mal ein Versprechen
auf vieles, das erreichbar wär.
Nun sehen wir Versprechen brechen,
und halten kann sie keiner mehr.

Im nächsten Jahr wird alles besser,
die Meute schreit: Viel Feind, viel Ehr.
Dann läuft sie geradewegs ins Messer,
und halten kann sie keiner mehr.

Wir aber finden zueinander
und fliehen über Land und Meer.
Nur flüchtig sind wir beieinander,
sind wir für immer beieinander –

und halten kann uns keiner mehr.

Abschied der Frauen

Ach, sie wollten nicht bei mir bleiben, die Frauen,
klagte der Mann in der S-Bahn ganz ohne Anfrage.
Anfangs verstieß mich die Mutter (lang her, so daß
mich's heute nicht länger bekümmern muß, hör ich sagen),
dann suchte mein ehernes Ehweib das sprichwörtlich Weite,

dies allerdings im Gehege der Ehe, die nun
einzig mich in die Enge treibt (nur kein Mitleid, Menge).
Jetzt haben zum Überdruß meine Buchhändlerin,
meine Seelenmasseuse, Friseurin und Zeitschriftenfrau auch
die Flucht angetreten. Verflucht! wie bleib ich allein,

wie stehe ich naß vor verschlossenen Türen. Es sei!
So breche die Zeit nun der Männer an. Lebt wohl denn,
ihr Frauen, die ihr nicht wohl- oder hochleben ließet
den Euren. Verzeiht seinen mürrischen Idealismus,
der kindisch euch schien, seine klügelnde Infantilie.

Ein Infant eurer Großträume will nicht mehr sein,
keine Liaisons, keine Illusionen hegen der Eure
hinfort mit euch! Lieber nähert der Perfektion sich
an Selbstgenügsamkeit und labet sich redlich
am bis dato verachteten männlichen Kram der Entledigte:

Daten des Sports, der Motoren, Bierplakate seid mein!
Des gußeisern schütteren Spruchwerks nicht zu vergessen:
Arschkarte! Warmduscher! Weichei! (so schmettert der
Fahrgast uns Mitfahrern fuchtig entgegen): Hört meinen
Imperativ, Männer: Seid kategorisch! Seid larmoyant!

Und dann, eines Tags, eines Nachts, bin ich wieder da,
(flüstert's nach einer Pause) doch anders, ganz anders,
ein Anderer ganz und gar: zum Anbeißen, Naschen,
nicht zu verschmähen, nicht zu verachten, der Kerl
sagt's, als ich aussteig und alsbald ins Laufen gerate,

mich selbst und die beste der möglichen Welten zu fliehn.

Abenteuer Mensch

Die Literatur hat nur zwei Themen:
die Liebe und den Tod.
M. R.-R.

1. aabb

Ach nein, er ist kein Beau
mit glattrasiertem Po,
sein Antlitz ist nicht von Brad Pitt,
von Arnie nicht sein Körperschnitt.

Er wirkt, im Ganzen, ziemlich lose,
von Mützensaum bis Breitkordhose.
Kurzum, man nennt ihn einen Mann.
Und du? Nimmst du ihn an?

2. abba

Wohl wahr: Im Kopf ist manches schöner
als mit dem Leibe ausgelebt,
denn während hier die Schlacke klebt,
webt dort ein reuloser Verwöhner.

Trotz viel Geschrei und viel Geschnief
bleibt der Verruf rein hypothetisch,
unangetastet harrt der Fetisch,
und du jaulst allenfalls fiktiv,

aus vollem Hals jaulst du: Fiktiv!

3. abab

Wer allein ist, ist auch in Bedrängnis,
täglich steht er in der hellen Not,
kreist in seines Eigensinns Gefängnis:
Brot und Wasser bis zum Tod.

Da erkennt er jäh mit Schrecken,
wie er andere vergrätzt,
und er denkt, so im Verrecken:
Ach, das Eigene wird überschätzt.

Blutspur

> Hospes, quod dico, paullum est,
> asta ac pellege.
> *Römische Grabinschrift*

Vorbei
an geschändeten Ländern
Vorbei
an kargem Gestade
Vorbei
an fransigen Rändern
Vorbei
und mit Schwung in die Gerade
Vorbei

(Dixi. Abei.)

III Einem Klassizisten zu Lebzeiten

Qua te regione requiam?

1.

Ein ganzes Leben, ihm zu entkommen,
und über dem Ausgang steht immer: Erfolg.

Ein ganzes Leben, das andere zu suchen,
und nie weißt du: Wär's das gewesen?

Ob du es weißt oder willst oder nicht:
Schlußendlich war es das dann.

Und damit du es weißt, sagen manche:
Komme, was wolle, mehr ist da nicht.

Who knows? Mancher hat schon gestaunt –
im Abgang verröchelten selbst die Klischees.

Wenn nur dies Nagen am Bein nicht wäre,
im Hirn: Was wäre gewesen, wenn?

Der Erfolgreiche, eingedenk künftigen Siegs,
nimmt's hin, schnauft maßvoll und schweigt.

2.

»Richtig, das andere. Gut, daß Sie mich erinnern.
Das gab es früher ja auch immer noch.
Oft ersehnt, meist überschätzt,
und beim Eintreffen gern übersehen.

Aber unter den Jüngeren, wie man hört,
neuerdings wieder in Mode,
mit allem drum (entgrenztes Zwitschern)
und dran (vollanimiertes Utopia).

Wir anderen wissen natürlich:
Es gibt kein Bierchen im Flachmann.
Beziehungsweise ... wie ging das noch gleich?
Exactement – kein richtiges im falschen.«

3.

Ein anderes Leben, das eigene zu finden:
frei schwebend, leicht strömend,
das hättest du gut gefunden,

da hättest du dich gut gefunden
(das Fundstück vielleicht gemocht)
und locker die Hüllen abgestreift.

Zurecht hättest du dich gefunden,
von der Larve zur Puppe hin zum
voll aufschwungsbereiten Ikarus.

Doch wie züngelte schon dessen Pythia:
Das alles vermutest du ohne Grund,
und ohne wirklichen Halt. Das alles,

vermutest du, sei reine Vermutung,
die Wahrheit nichts als ein fort-
laufender Konjunktiv. Wohin?

In Wahrheit weiß das keiner.
Und so bleibst du ganz bei dir selbst,
was, entgegen verbreiteter Meinung,

kein Zustand wahrhaftiger Seligkeit ist.

4.

Wie aber soll er sich zurechtfinden
in der Suppe, die gegen das Fenster schlägt,
in dem Brei, der zäh die Knöchel umschließt,

wenn selbst die Genannten, Suppe und Brei,
längst schon gärende Reminiszenzen sind,
Nachschlag alter Genießbarkeit?

Die kleben pappig am Selbst,
die verstopfen den Text, die nähren
ihren Mann schon lange nicht mehr, tut uns leid.

5.

»Das andere? Eine reichlich rhetorische Frage,
finden Sie nicht? Laut Umfragen spielt es
bei Studienabgängern und Lohnempfängern
heute schon gar keine Rolle mehr.

LL.B., B.ed., CEO, CAE, der tägliche *ego shoot* –
verbrennt viel unwiederbringliche Existenz.
Was soll uns da müßiges Spekulieren?
Kommt keiner einen Level weiter mit.

Nur im höheren Schuldienst hebt es wohl noch
bisweilen sein schütteres Haupt.
Als ich es letztens traf, so ein Studienrat,
wirkte es fahrig, zitterte stark, roch nicht gut.

Es stammelte ein paar alte Verse
(verstand natürlich alles kein Schwein):
Mutter Natur, Mignon, In meinem Lied ein Reim.
Nette Sachen eigentlich, aber total aus der Welt.

Ich finde, da gibt es nichts zu bedauern,
jeder Trend und jeder Kick hat seine Zeit.
Wer glänzte jemals durch Abwesenheit?
Unser Glanz ist die strahlende Stumpfheit.

6.

Dein Ich und seine Wiedergänger:
Schattenrißfiguren auf dem Zug ins Licht.
Weit gereist? Das mag wohl sein.
Weit gebracht? Ach, eher nicht.

Stattdessen die alte Geschichte:
Tunnel um Tunnel, Sturz, Fall und Prall.
Begeistert strömen die Lemminge hin,
doch leider, kein Abgrund in Sicht.

Was soll uns das Gejammer?
Wir kennen die Richtung, wir lasen das Skript.
»Der Konjunktiv«, stand dort, »ist lange tot«.
Es lüge, wer meine, er sei es nicht.

7.

Mein armer, verlorener Freund,
qua te regione requiam?
Du hast dich in dir selbst gesucht.
Du hast dich in anderen gesucht.

Hingegeben hast du dich an teils
weit hergeholte Personen.
Manchmal, immerhin, bist du dir
dabei stückweise wiederbegegnet.

Nun suche auch einmal
dich aufzulösen, abzusinken
als brausende Tablette im Getöse,
als leises Sprudeln oder Strudeln im

Reagenzglas des Großen-und-Ganzen
oder, wer weiß, des ganz Großen.
Ah! Nicht wahr? Endlich eine Lösung
nach all den harten Losungen am Wegrand.

Das alte Du, es ist perdu. Wie lau,
wie locker dir gleich wird.
Du bist keiner der ganz Großen?
Du bringst die Dinge nicht zum Tanzen?

So krächze enthemmt den Refrain
im Verein: Und jetzt, liebe Lemminge, ALLEZ!
Ein ganzes Leben, ihm zu entkommen,
und über dem Ausgang steht immer: Erfolg.

Letzte Partie

Du spielst mal wieder gegen dich
und setzt dich planvoll – Schach! – matt.
Der Abend gibt sein Gegenlicht,
als wär da was, das satt macht.

Du hast dich längst schon sattgesehn
und bleibst doch ungesättigt.
Dein Leben ist ganz ungeschehn,
und wär da wer, er hätt dich

schon längst das Spiel verlieren lassen.
So greifst du nach den Steinen
(weil du nach Sternen nicht mehr greifst)

als wären es die Deinen:
den Rest des Tages zu verprassen,
derweil du wie ein Käse reifst.

Forschung und Leere

In ihm ist es ganz leer,
wie wenn da keiner wär.
Kaum blinzelt er nach innen,
gerät er flugs ins Sinnen:
Da muß doch etwas sein,
hat außen Arm und Bein.
»Wer ist bloß dieses Ich?«
Gleich läßt es ihn im Stich.

Will er die Leere füllen,
ist Ich ihm nicht zu willen.
Will er die Leere leben,
verhindert Ich sein Streben,
erfüllt ihn ganz mit Zweifeln,
und tausend kleinen Teufeln:
»Was immer ich auch tu,
mein Ich gibt keine Ruh.«

Will er die Fülle leeren,
läßt Ich ihn nicht gewähren.
Will er die Fülle fühlen,
heißt Ich ihn fruchtlos wühlen.
Sein Tun bleibt ohne Sinn:
»Ich bin nicht, der ich bin,
noch der ich gerne wäre.«
Was in ihm tobt, ist Leere.

Das Puzzle

Da sitzt er nun,
vor den Bruchstücken seiner Person,
versucht, sie zusammenzusetzen.

»Von 9 bis 99«
stand auf der Schachtel im Spielzeuggeschäft.
Warum also fällt ihm das ganze so schwer,
mit vierundvierzig und all diesen Teilen?
Ein schlichtes Motiv für Anfänger,
hätte es das nicht genauso getan?

Und jetzt fängt es draußen auch noch zu regnen an:
Lärmend schlagen die Tropfen ans Fenster.
Im Licht der Lampe sitzt er da,
und ein junger Agrarökonom, der draußen,
die Mistforke fest in der Hand, vorübergeht,
was mag er sehen?

Einen leeren Raum, auf dem Tisch
die verblaßte Daguerreotypie einer falben Person.

Über Erfüllung

Einmal werde ich völlig da sein,
einmal werde ich vollkommen sein,
vielleicht nie.

Doch bis dahin dahin zu streben,
im Notfall ein ganzes Leben: Ah!
vollendetes Dasein, schrille Harmonie.

Einer ruft aus der Matratzengruft

Früher als das Leben
scharf und unabwendbar war
Früher als der Abend noch
mit starken Farben kam
Früher als ich morgens kalt
und aufgeweckt erwachte
Früher als ich wollte
Früher ist zu spät

Orges Singsang vom großen Klein-klein

Alles banal oder Banane,
von hinten und von vorn.
Ob Greenhorn oder Ahne
(wie war doch gleich der Name?),
treibt keiner seinen Dorn,

treibt keiner seine Keile
ins nasse Fleisch der Zeit.
Nach einer wirren Weile
(wie geht die letzte Zeile?)
ist's auch für ihn soweit:

Verwehen seine Spuren,
verläuft er sich im Sand.
Am Ende seiner Touren
(wie wispern die Lemuren?)
zerfließt auch ihm die Hand.

So macht es unsereiner:
Er lebt sich langsam um.
Sein Name lautet: Deiner
(von Rückkunft wispert keiner),
sein Schlußvers lautet: Stumm.

Zu Gast

Man bot ihm das Klo von Adolf Hitler an
(und er schwur, so sei es geschehen).
Natürlich hatte er etwas Besonderes erhofft,
einen gewaltigen Fall vielleicht,
einen riesigen Schlund oder Strudel.

Doch da war nichts, rein gar nichts.
Hitler hatte keine Spuren hinterlassen,
im glatten, weißen, leicht rissigen Porzellan.
Das größte Würstchen der Geschichte
war rückstandslos verschwunden.

Wenigstens hier, sagte er,
wenigstens hier. Die Runde lachte,
Michael Ballhaus winkte den Dolly zurück,
und nur der Bauch des Hauses machte
pflichtschuldig dunkle Geräusche.

Die deutschsprachige Gegenwartsliteratur

1. Wehe Dreizeiler

Wer geht schon früh und sagt nicht Tschau?
Das ist die Mittagsfrau[1]. Oh je,
das ist die Mittagsfrau.

Was reckt sich schlaff als langer Wurm?
Das ist der Turm[2]. Och nee,
das ist der Turm.

Was klingt viel klug und bringt gut Geld?
Das ist die Vermessung der Welt[3]. Je wei,
das ist die Vermessung der Welt.

Wo macht der Arsch gehäuft Rendite?
Das sind die Feuchtgebiete[4]. O mei,
das sind die Feuchtgebiete.

(Und für den Hohen Ton sorgt *wer*?
Das ist der Ho-, nein, der *Schro*mer[5]. Ohe,
das ist der Ho-, quatsch, der *Schro*mer.)

1 gutes Buch
2 dickes Buch
3 ausgezeichnetes Buch (vielfach)
4 dünnes Buch (sehr)
5 aus dem Altgriechischen des Johann Heinrich Voß

2. Sexy Sechszeiler

Was liegt voll Liebreiz in der Hand,
ist schön wie Eva, klug wie Kant,
verbreitet sich im ganzen Land?
Das ist dein eigener Band, hey-o!
das ist dein eigener Band, o-yeah!
das ist dein eigener Band.

Parken verboten

> When Dante wrote his canti
> He rarely drank Spumante

Komm lies den breitgetretnen quark und schau:
Der fahle schummer reglos ferner bleiche
Der matte farbenprunk von gelb und lau
Umwabert die Georgeschen bereiche.

Der steifen jamben starr forciertes heben
Erregten einst hingebungsvoll epheben ·
Jetzt liegt der garten leer in falbem glanz ·
Die späten rosen welkten gar und ganz.

Die letzten astern kannst du voll vergessen ·
Die jamben heben sich nur noch posthum ·
Den letzten jünger hat der wolf gefressen ·
Mit ihm schied peinvoll das Georgetum.

Einem Klassizisten zu Lebzeiten

Du würdest am liebsten verreisen,
nach Land's End und Engelland,
doch erst legst du dich in die Eisen,
erst schreibst du noch diesen Band.

Und darauf den nächsten, ganz andern,
mit sperrigem Vers ohne Reim.
Du würdest am liebsten bloß wandern,
statt dessen verharrst du daheim.

Du dräust über Marschen und Deichen
du wehst mit dem Nebel zur Pier.
Du tropfst von den Ästen der Eichen,
die Eichen gedeihen in dir.

Die Väter, wie waren sie fleißig,
wie haben sie machtvoll geschafft.
Du selbst bist kaum jenseits der dreißig,
und jetzt schon verzuckert, der Saft?

Die Väter, sie waren die Bösen,
sie haben gemordet, gebrannt.
Du mußt dich aus ihrem Bann lösen,
mit eiserner preußischer Hand.

Entrückt sitzt du oben im Stammbaum
und schnitzt an dem Ast, der dich trägt.
Am Boden erkennt man den Mann kaum,
der pfeifend im Blätterwerk sägt.

Da mußt du erst recht weitermachen,
auch wenn das auf Erden nichts bringt:
Es schafft doch die luftigsten Sachen,
der ohne Grund preiset und singt.

So sollst du dein Abendland loben,
wie's ringsum im Dämmer versinkt,
wenn hinten bei Norwich die Sonne
im blutigen Nordmeer ertrinkt.

So sollst du dein Abendland lenken
und folgen des Mondes Verlauf.
So sollst du dich *in dich* versenken –
und dann, Mann-o-Mann, brichst du auf!

Classified Ad

Einer der alles
zusammenhält. Dem
im Mund der Moder
zu Sprache zerfällt.

Keiner für niemand.

Epilog

Die Moritat vom Atemtier

1. Auftakt

Das Atemtier, um fünf vor vier,
hinkt schnaufend vor dein Haus.
Das Atemtier kratzt an der Tür
und keucht: »Hol mich hier raus.

Will sagen: Laß mich bitte ein,
kein Wort will ich verlieren.«
Das Atemtier japst: »Bitte, mein
Freund, ich muß meditieren.

Sonst komme ich – ächz! – nicht ins Lot,
bin jetzt schon fast am Ende.
Ich – hust! – erleide Atemnot,
bedarf der Atemspende.

Mit Vipassana und Zazen,
mit Kundalinis Dharma,
kann ich aus mir herauswachsen
zu – spotz! – glücklichem Karma.

Doch dazu braucht es dich, oh Herr,
mein Retter, mein Gebieter!
Denn ohne dich, oh Mann, ich wär
ein – würg! – ein Nichts.« So zieht er

den Schwanz ein, legt die Schnauze schief,
und schaut dir in die Seele –
der Geist, der dich so flehend rief,
er knurrt aus rauher Kehle:

»Und komme ich bald wieder hoch,
dann soll es dir nicht schaden.
Doch pfeif ich auf dem letzten Loch,
so gehst du mit mir baden.«

2. Ankunft

Das Atemtier hockt vor dem Haus,
es sieht entsetzlich bleich aus.
Das Atemtier schnauft ein, schnauft aus,
es sieht wie eine Leich aus.

Und wenn es dir auch seltsam scheint,
dies wilde, fremde Wesen,
das laut vor deiner Stube greint,
sähst du es gern genesen.

Kurzum, es tut dir leid, das Tier,
du öffnest weit die Haustür.
Du läßt es ein, um fünf nach vier,
und sprichst verbindlich: »Nach dir!«

3. Einkehr

Ihr sitzt dann auf dem Kanapee,
du fragst: Was ist zu tun?
Das Tier sagt: »So wie ich das seh,
mußt du jetzt in dir ruhn.

Am besten lehnst du dich zurück
und tust, wie dir geheißen.
So ist es gut, nur noch ein Stück,
denn jetzt … will ich dich beißen!«

Auf reißt der Atemghoul den Schlund,
die Zähne scharf wie Messer.
Das wirkt nur sehr bedingt gesund
und wird auch dann nicht besser,

als er auf deinen Brustkorb springt,
die Klauen spitz wie Pfeile,
und dabei »Auf zum Kampfe!« singt
und »Gänschen heile, heile«.

Noch als er seine Krallen wetzt,
rufst du: »Gib bitte acht,
daß du mich damit nicht verletzt.«
Der Ghoul indessen lacht,

worauf er sich in dich versenkt,
die Augen wie Karfunkel,
und ringsherum das Zimmer krängt.
Dann wird es um dich dunkel.

4. Kehraus

Wie Gallert schwimmt dein armer Kopf
dein zages Herz zuckt irre,
in deinem Kehlkopf steckt ein Pfropf,
den Ghoul macht das nicht kirre.

Er bricht der Rippen Bogen auf,
schnalzt grinsend mit der Zunge,
schleckt Parenchym wie Rogen auf,
labt sich an Herz und Lunge,

frißt sich behend durchs Rippenfell,
der Thorax liegt in Fetzen.
Der einst so traurige Gesell
rülpst blubbernd vor Ergötzen,

verliert allmählich jedes Maß
und wütet graus wie Etzel.
Dein Saft klatscht gegen's Fensterglas,
es ist ein arg Gemetzel.

Vor deinem Auge flackert's hell,
das sind die letzten Spasmen.
In deinen Ohren kreischt es gell:
Voilà – die Akoasmen,

nebst allem, was der Nahtod bringt
an drastischem Vergnügen.
Was jetzt noch in dein Stirnhirn dringt,
muß für den Rest genügen –

5. Abgang

Vorüber zieht der Affenmarsch
von Anbeginn bis heute.
Es blinkt so mancher Affenarsch,
aus all der bunten Meute.

Sie hatten dich, sie konnten dich,
die Lehrer, Frauen, Knaben.
Soviel steht fest, doch fragt es sich:
Was wolltest *du* denn haben?

Du wolltest meist, die sich entzogen.
Kaum schwebten sie dir zu,
war schon ihr Hauch verflogen,
und übrig blieb ein Du,

das sich als Ich noch nicht erkannt,
vielleicht nie mehr erkannte,
von jedem Fliegenpilz gebannt,
in jedem Dornbusch brannte.

Doch siehe: Was man nicht erhascht,
erlangt man nicht im Streben.
Nur kurz wird aus dem Topf genascht,
und das nennt sich dann Leben.

Drum mache zeitig deinen Frieden,
du, der aus Hauch geworden:
Befiehl die Seele gegen Süden
und deinen Lehm gen Norden.

Dem Westen trag die Schuhe an,
dem Osten deine Tasche,
und bricht die große Ruhe an,
entsteige kühl der Asche.

6. Ausklang

So rüstest du zum letzten Gang,
da dringt in ferne Weiten
der Haustürglocke harter Klang
als friedhöfliches Läuten.

Du träumtest schon vom Jenseits-Glück.
Es hilft nichts: tapp-tapp-tapp!
Ein Klopfen bringt dich jäh zurück,
der schöne Plot bricht ab.

Du blickst zur Uhr: erst zehn nach vier,
nichts als ein Traum das Ganze.
Du schlurfst benommen an die Tür
und wer sitzt dort
und schnauft und keucht
und japst und ächzt
und wedelt mit dem Schwanze?

Das Atem – hust!
Das Atem – spotz!!
Das Atem – würg!!!
Das Atemt...

Der Autor dankt dem Deutschen Literaturfonds für die Förderung seiner Arbeit an diesem Buch.

Bibliografische Information der Deutschen Nationalbibliothek
Die Deutsche Nationalbibliothek verzeichnet diese Publikation in der Deutschen Nationalbibliografie; detaillierte bibliografische Daten sind im Internet über http://dnb.d-nb.de abrufbar.

www.wallstein-verlag.de
Vom Verlag gesetzt aus der Stempel Garamond
Umschlaggestaltung: Susanne Gerhards, Düsseldorf
Umschlagfoto: ©iStockphoto.com/TayaCho
Druck: Friedrich Pustet, Regensburg
ISBN 978-3-8353-0520-5